Causos Complicados

Causos Complicados

Autor - Charles Burck

Agradecimentos

A quem em meu caminho me pôs flores

Dados internacionais de catalogação na publicação (CIP)

B948c   Burck, Charles, 1950 —

        Causos Complicados / Charles Burck - 1ª Ed. –
        Rio de Janeiro — RJ; Independente, 2018

        100p.; A5

        ISBN 978-85-92723-65-1

        1. Poesia. 2. Literatura Brasileira.
     I. Título.

CDD: B869.1
CDU: (81)-1

ISBN: 978-85-92723-65-1

Páginas

O Causo Doroteia

Doroteia no ato, pensou que morria, morria nada,
faltava tanto,
Doroteia se espremia como quem sofria, sofria
nada, era puro espanto
E Doroteia gritava o gozo que não vinha, gritava à
toa, o gozo vazava por todos os lados
E Doroteia insistia que morria, morria nada, era
tudo espasmo
Doroteia gemia,
Morria nada, se morria, nascia para gozar de novo

O causo do O e do U

Que não sendo buraco seja fenda, porque a
introdução do poema precisa referência,
E os meus olhos sentem a carência de sentir de
perto, ponto por ponto, vírgula por vírgula,
Que não sendo a tua pele, sejam os teus pelos, pois
pelo menos o que escrevo carece de penugens, de
plumagem de algum apelo que seja do teu corpo nu
Que não sendo rua, seja nua, pois eu troco as
letras com frequência e a senda sendo a linha, há
de querer se escrita, mas que se esse(S) for efe
(F), pode ser por onde a boca úmida comece a dar
forma às palavras orais, verbalmente ditas,
sentidamente proferida, ou intencionalmente
confundida, sendo fundida com ungida e benta,
sacrílegamente penetrada como uma saída à falta
de rima nobre, mas tendo a indecência, busca dar
algum uso aos confusos pensamentos de quem
desorientado pensa que saída é entrada, e entra.
Que não sendo jardins, seja rosa, de preferência
amarelo bem forte, para preencher o poema de
ardência e amplitude, e que não sendo folha seja
pétala cedida à cadência do poeta, que fingido
acredita que ela é flor, ainda que sendo mulher e
faz poesia acreditando que perfume é tinta e pinta
a escrita como nata, enquanto com ela faz amor

O causo de causar estranhezas

Eu ordenhei a vaca doente, nem o leite servia,
fervia, tinha febre no úbere, precisava de
cuidados, era carinho.
A lua branca tem um ninho de cegonha, de onde
voam meninos
E eu sem cama e sem luz nesse ninho de serpentes,
Olhos de manhãs salpicados de venenos
vespertinos. Eu vi dois olhos estranhos a vasculhar
a estrada, não havia a sensação de nada, mas fiquei
intrigado.
Não conto estrelas, não tenho dedos para tanto,
mas a vaca mugiu de novo, já abanando o rabo em
perdidas direções, já deixando o corpo, flutuando.
Vestes longínquas deixam os corpos no frio,
precisei de tantos dos teus carinhos nas noites
mais frias em que eu dobrava as dobras do mundo,
mas o manto de saudade é curto demais. Recuso-
me a expulsar as frequências, a estrada é mais
longa se paramos e se a alma, sozinha,
seguir adiante,
A moça também está doente e quer festa, às
margens dos meus passos parei e ela sorriu e eu
sorri para ela.
Para o peito dorido há tantas dores dispersas de
ferir o mundo, mas não posso ficar alheio à
corrente dos fatos, daqui faço parte... Era ela,

passível de depressão, mas sabia o que a engolia,
uma grande boca de escuridão a devorar
pirilampos.
Ela era miúda feito um grão, semente de girassol
presa na cama, quando num dia era a fome e
noutro a comida
Parecia um anjo fincado no chão a murchar asas e
perder voos e eu queria dizer palavras, mas era ela
que me consolava
Eu achava os meus dias ruins, mas ela exalava
calmaria nos dias mais tempestuosos, perto dela
não havia ventos de soprar velas, nem trevas de se
impor à luz.
Falo do que eu acho, nada pode me causar
estranhezas ou tudo pode, mas ela sempre sabia
mais, parecia que a proximidade da morte abria as
janelas da sabedoria, mas eu não queria espiar para
dentro, mas ela me falou que precisávamos abrir
espaços para novas plantas
Meus olhos regaram chão, mas o brilho dos olhos
dela era magia daquilo que está além de nós.
Não havia medos, receios, aos campos ondulados,
a brisa liberando os sorrisos das flores para ganhar
o ar, fertilizar os céus e frutificar estrelas. São
mimos que não percebemos, algum Deus nascendo
de nós
Não faça planos de longos tempos, como quem
deseja pautar a vida na sua agenda, a vida se
encerra a cada dia, mas no seu sortilégio, ela nos
faz pensar que acordamos a cada manhã.
Eu no meu egoísmo desejei que ela ficasse, mas
ela me disse: A partida pode ser a melhor parte,

simplesmente desfarei as insônias e ganharei
sonhos eternos, há jeito mais romântico de ver a
lua de perto?
Acho que ela tinha razão em tudo, mas o tudo nos
esconde os detalhes, todas as tardes me posto à
janela e vejo perfeitamente os olhos dela a me
fazerem companhia. Tudo é eterno ao que nos
damos, ao que amamos.
A vaca mugiu comendo flores em algum jardim
estranho, as cegonhas voaram para fazerem
entregas, esfrego os olhos molhados de insônias,
não podemos morrer todos os dias, mas podemos
fazer nossa parte.
A felicidade, às vezes, tem olhos estranhos e
coisas estranhas às vezes nos parecem tão belas.

O causo dos jumentinhos

Afê égua, bicho atentado, peste de sete pragas,
praga de sete peles, bicho danado, bicho matreiro,
por que a flor da vizinha ao lado sempre tem o
melhor cheiro?
A égua teve um jumentinho de dois pais
diferentes, é jumento demais para tão pouca
inteligência, mas o menino ganhou diplomação,
saiu doutor e montou no primeiro burro que
passou.
Eu não confesso as minhas mazelas a padre
nenhum, ponho-as de molho e as deixo fermentar e
virar cerveja. Bebo-as devagar, sem pressa
nenhuma, há quem ache que os pecados matam,
mas é preciso acreditar antes, que existe pecado
para depois se deixar matar por eles, eu os aceito
como formas saudáveis de aprender, só não aceito
que eles preguem peças em mim de novo.
Chorei, chorei, depois parei, mas antes chorei de
novo, os acréscimos de águas são bons para o
sertão, ajuízo esses aguaceiros a tornar tudo verde,
estou parecendo pé de pitomba, cheiinho de flores
brancas, as alegrias vindas depois de cada
chuvarada, já atinei isso pelos pardais que brincam
nas poças d'água, soltos como crianças.
De cabeça para baixo viu o mundo rasteiro, mais
rasteiro do que é, um pé que vai primeiro e não
avisa ao outro sobre o caminho, o buraco é mais

fundo para quem olha apenas o firmamento, mas
pé torto e anjo morto também entram no céu.
Domingas, a da ferida aberta, casou-se com
Monsolo, tiveram três filhos homens, dois
morreram solteiros, e um casou-se depois de
morto, ele trocou o sagrado pelo profano e brindou
o fim do mundo em janeiro, mas o mundo tinha
acabado em dezembro e o padre anulou o
casamento.
Beijo de mulher brava não traz prazer algum,
ficamos com medo de perder os beiços, ou que ela
nos coma a língua toda, mas nem todos os sapos
têm boca grande, mas há as pererecas que só
querem saber dos beijos.
Escrevo, porém temente, às coisas que digo e
podendo ser que alguma alma malévola me
descubra por dentro, e percebendo que eu não
tenho suficiente inteligência para zombar do
coitado do jumento, me entregue. Melhor então
que eu me cale e passe a cuidar da burrice que me
cabe.

O causo do colar de contas

Preparei um colar de contas cristalinas, sagradas
pedras que valorizam o seio do rio,
Eu vi visagem beberando água no regato mais
manso, o coração sente sede, mas nem tudo é água
da boa,
Despi fantasmas para ver a alma por dentro, mas o
tempo racha o corpo ao meio e o receio dos
tropeços torna a estrada pior,
Canto baixinho quando céu avermelha, não quero
atrair agouros, mas já fiz coro com anjos e com
irerês de causarem arrepios
De fio a pavio prefiro, as coisas boas, mas uma
molecagem, vez ou outra têm o seu tempero de
bom gosto,
Não sou proposto de mulher feia, de mulher
barbuda ou com bigodes no meio, depiladas
todinhas parecem bocas raspadas de recém-
nascidos, chamei a cabocla de pele marrom, já que
nos veios dela tudo parece bombom,
Oh! Coisa delicada colar boca na boca, mas
mulher amarrada num beijo bom te suga todo, e
cola feito cola de mandioca brava e goma de
seringueira.
Fujo de quem se apega e fica cega, Doninha matou
Dodô, arrancou o coração e plantou no terreiro,

deu um pé de vespeiro desejando vingança, as
pragas morderam tanto a xapeca de Doninha que a
bichibinha travou,
Nada entrava e nem nada saía. Quem me contou
carece de confiança, foi meu Avô Lourenço,
homem que não mentia nunca, a não ser se bebia,
mas o Vô bebia tanto que eu mal sei se acredito no
contado, mas minha avó fez novena para dar freios
na mardita cana que ele tomava, era a segunda
mulher dele, mas ele tinha outros tropeços e os
santos desistiram de fazer do velho, um homem
santo.
Assim fico eu calado, só falo do que tenho provas,
minha ex queria ficar viúva, mas ela morreu
primeiro, falava mal de tudo e de todos, mas a
boca não só destilava venenos, tinha lá suas prosas
boas, ardências dá em todos, necessidade também,
pimenta malagueta arde, mas só para quem a põe
ela na boca, assim fecho a minha e silencio essa
prosa.

O causo da Sogra, mãe de minha mulher

Doença de veio é feito estriquinina, se não mata
logo, mata depois
O velho pôs as barbas de molho, a mulher era
farmacêutica da boa e não gostava de ele urinasse
fora do penico, pé de bode não dá buchada pronta,
quem apronta, apronta, mas nem sempre tem a
culpa.
Quase o mesmo aconteceu comigo, fui fazer peleja
de repentes no mercado municipal de Fortaleza, fiz
peleja com um diabo cego que cantou por cinco
dias seguidos, depois o diacho se evaporou, era
enxofre puro, o céu até amarelou. Ao final eu saí
cansado, língua roxa, garganta seca, não se sabe
quem venceu a maldita peleja, mas os dois
perderam, eu não conseguia dizer palavra ao fim
do causo e ainda fiquei três dias de ressaca sem ter
bebido nada.
Minha mulher não acreditou, achou que eu
estivesse de capilé com outra mulher, me deu pé
nos costados e fui pelejado sem razão nenhuma.
Quis eu amenizar os fatos, mas a desgraça sempre
vem junta, acompanhada de outra, nunca é à toa, a
minha sogra, ao me ver triste e abandonado, me
fez um caldo de pequi e testículos de jumento,
ajeitou-se toda e me pediu em casamento.

O causo da gente liberta

Eu não gosto de vento que venta por trás e nos
pega no cangote, parece bode no cio e manga
chupada no caroço sempre deixa fios nos dentes
Eu prefiro ser o vento solto,
E caminhei mil léguas pelos agrestes do sertão, via
de tudo um pouco e pouco de muitas coisas,
Vi o andarilho curtindo couro de onça vesga, deu
sorte ele, ao que ela deu o bote, errou feio, porque
via dois sujeitos, um onde tinha um só e outro
onde nada tinha
Vi muito calango de metro e meio e caatinga
espirrando rapé, pé de chulé e bicho solto, gambá
catingueiro não precisa de toca, cheio ruim se
espalha melhor ao vento, muito cuidado onde pisa,
cobra morta ainda guarda veneno, boi solto se
espeta no mato, mas cuida de não morrer no cutelo
do dono
Assim assomo mundo inteiro, sem medo de nada.
Só temi vira lata, cachorro louco no meio da
estrada, pois não era cão que nada, era homem
virado lobisomem. Corri primeiro, soube da
história toda depois,

Na Birosca do Torto, comi torresmo e bebi pinga
de jatobá, mas ainda estou a espirrar o pelo do
"coisa" sem nome.
Vira e mexe me dou com essas boas novas, fiz
muitos amigos, mas inimigos tiro da conta, alguns
fizeram feito vento, quiseram me pegar
desprevenido, mas o bom cabrito não berra e está
sempre atento ao bote do lobo catingueiro.
Mandinga feita não corre boato, chega com
cuidados e de surpresa, se eu tenho as costas
largas uso riscados de novena de Santa Madalena,
a mãe maior dos que caminham pelos matos.
Canto nos caminhos e nos caminhos faço amigos,
mas não gosto de nada que vem por trás e
raramente é coisa boa. Pode mais ser, notícia ruim,
queixas de gente escabreada, tiro de garrucha e
coisa de queimar a rosca.
Bem, vou dormir cedo, a lua quando vem nos quer
deitado, a estrada é longa, mas a vida é boa para
quem não tem cabrestos, quando a estrada não
presta, a gente voa.

O causo de filho sem pai

Filho de homem solto nunca vê o pai,
O pai saiu para comprar cinzeiro e trouxe cigarros,
depois saiu para comprar cigarros e virou fumaça.
Eu não paro no meio de encruzilhada, tem gente
safada fazendo filho e negando pai,
Dizem que homem não pari, mas não se gesta só
na barriga, a vida é madrasta de quem deve e não
paga, quem deve paga e não apronta, goza e não
diz que a sua porra vazou do pinto do outro
Gozou, gozou, então paga a conta...
Risco e rabisco feito pé de vento, quem lava e
relava o sovaco tem catinga boa, eu já orei para
almas benditas que me dessem bons cheiros, mas
de vez em quando vem o malcheiroso do
molambento me atentar de novo, não me curvo a
catingueiro, mas não faço filho para largar no
mundo,
Chamou de amor, beijou, beijou, comeu, comeu,
então forre a cama e limpe a mesa, tenha vergonha
na cara, mulher não é feijão com arroz, prato feito
de pensão barata.
Arnica cura tombo e mazela, coisa feita e maleita,
mas mulher não é curativo que depois da cura
pronta, joga no lixo.

Então se abriu a caixa preta, traga o perfume mais
caro, compre flores e dance um tango, depois
batize o menino com nome decente, dê escola e
chame de filho.
O diabo tá de olho em tu, ele gosta de churrasco de
carne macia, mas se a carne é dura e quebra
dentes, te cozinha em forno lento e te come feito
maminha de bezerro novo.
Galinha solta no terreiro não tem marido certo,
valoriza a sua mangurinha então, Dona Vivinha, se
homem já não presta, criança não tem culpa de
nada, não sabe nada destas tretas, nascem descidas
do céu, anjinhos sem asas, feito curió sem defesas.

O Causo Dos Zóinhos Tristes

Caiu uma parte da lua, disse o menino de olhos
tristes
Os olhos do céu perderam um tanto do brilho,
A três quadras daqui nasceu um guri, minguado
feito beija-flor,
A mãe pôs o nome de Sereno, mas há uma
chamada Bruma,
Sendo eu escolhia Maria, é tão simples quanto um
beijo de amor
Quanta ausência de sol no trato da vida,
Toda criança deveria ser isenta de dor
Por que os meus olhos choram ao relembrar os
olhos delas?
A água da chuva adormeceu na madrugada,
A folha da arvore morta se pendurou no varal,
As crianças cantam cantigas de rodas, cantigas
antigas,
Onde será que aprenderam?
Será que o mundo deu volta atrás?
Foi Deus que ensinou as rimas?
A alegria entre elas é erva daninha, cresce rápida
e se espalha no meio do cercado e logo vem
alguém e poda
mas dão flores cheirosas de almas remotas dos

recantos do céu
Cheiro de xixi e sorriso infantil
Que mundo encantado é esse no meio dar à minha
rua?
Um menino vermelho num corcel enluado,
Um menino sem sombra no cavalo marrom,
Um tem cabeça de cristal e brincos de pérolas,
O outro faz violinos de papel, e toca com varas de
marmelo,
Pretendo dormir um mês, todos os trinta dias de
uma só vez,
O que será que mudará no mundo?
As crianças perderão os seus sonhos?
Vou prestar a atenção nos sonhos que tenho, uma
penca deles em um mês inteiro
Cortar os cachos da aurora e abrir a caixa de
Pandora,
O meu coração é pequeno não maior que uma
ameixa, mas cabe tantas coisas dentro, quando
brinco de dizer que tudo flui
Vou aproveitar enquanto durmo para desviar dos
pingos da chuva
e jogar as pipas ao vento
Quem sabe se no sonho eu volto a o ser menino
que nunca fui...

O causo da morte dobrada

Se tivesse morrido arando a terra viraria adubo, a
sete palmos acima do fundo
Se espreguiçando morreu, não de uma morte
apenas, morreu preventivamente para o atestado de
óbito ir ao livro dos recordes
Olho de bode não dá em pé de cabrito
A carne indigente se espalhou feito erva daninha, a
parte boa deu bons frutos, mas logo morreram
podres, cheirando a defuntos
Os cordeiros de Deus gozaram nos campos dos
homens, e eu, gozo nos campos ao que eu reparo
neles.
Perguntas-me por que eu gozo, gozo porque eu oro
quando canto.
Porque gozo ao que eu respondo à vida, quero paz,
ainda que esteja tudo em ordem.
La canción va más allá de nosotros, amor también
Quando reparo não danço o que sei
Vejo-a, mas não reparo nela, dela eu sei com os
olhos da alma
Olhos fechados para viajar entre as relvas, fechar
os olhos para ser inteiramente dela e sou
A dureza da terra irregular, também refresca os
olhos e fresca e perfumada nos quer também,
E a voz indistintas das coisas a existir, quantas
vezes nos chama, como se só um pouco de vida
houvesse para viver, e só um resto de vida nos

ouve.
E só uma aparição nascida de luz a me impregnar
suavemente as órbitas
Eu a guardo nos olhos e vazo nos olhos dela
também
Venha assuntar meu bem, faz da vida mais vida,
Vem avarandar também, vem me provar, que
esquecido da dor de ontem, hoje te trago amor

O causo de cobra morta

O sapo bocejou sonolência, o veneno da cobra
viajou pelos estertores das veias. A menina feia
pelejou na insistência da beleza que não vinha,
usou máscara de arnica, de lama, de jiló com o
urucum e cerâmica, se aprumou, mas ficou com
cara de bibelô, mais dura que peito de armadura,
mas que se quebrou ao primeiro atrito com um
homem de coração mais frio que o frio do
congelador
Há um freio preciso para homem machão,
mandacaru tem espinhos, mas se abre em flor,
Dona Genoveva já amansou até os chifres do
carcamundo, bicho dano de ruim, perverso que
nem coisa estragada, já capou seis, pretende
chegar a uma dúzia e meia, antes que a coisa feia a
venha buscar do mundo.
Perereca em terra de cobra, fecha as pernas. Ou
não?
Bem, para cada caso há um remédio, o meu
manifesto já gerou desolação, homem que bate em
mulher deveria perder a mão, ou ficar de mão boba
feito flor de paçoca, meio morta quando o
amendoim não torrou.

Lá para os lados da estrada a coruja já piou três
vezes, visgo de jaca no meio das pernas de moça
virgem pega o aproveitador pelos desmazelos, mas
pinto não é brocha, nem galocha é sapato de
passeio.
Um pingo em cima, e dois no meio, homem ruim
não traz escrito na testa, mas eu já sabotei gente
malvada, e quando avisto um "cabra" sem tremoia
reconheço pelo cheiro, pelos olhos atravessados,
cravo o desconjuro nele e três padres nossos
poderosos, numa oração de fazer piá caracará e
deixar cobra morta com o próprio veneno
Já fiz demanda em terra santa e ouvi música do
outro mundo, sussurros de alma penada e a dama
de branco sentada na porta do campo santo,
Mas não tenho medo de nada,
Quem pensa que poemas não servem para coisa
alguma, se engana, eu digo o que penso, o miolo
do mundo se encontra nas palavras, nos textos que
lestes entre as folhas impressas, nas canções, nos
sons, nas imagens refletidas nas águas, nos textos
dos sabugos de milho.
Tudo o que há no mundo pode se expor nos brilhos
dos olhos, nas arranheiras da viola, mas o mundo é
muito mais do que você quer saber e pensa.
Fico só, tantas vezes, de orelha colada no mundo,
ouvindo o ruído da terra gemendo, mexendo a sua
caçarola de magma.
E sei que há mundo onde se vive para além de tuas
melancolias, das tuas horas mortas, de cisco nos
olhos, das águas que correm do fundo da íris

Já matei passarinho e me arrependo, pagarei cada
pena, mas o mundo sabe de mim, o mundo dos que
sofrem é porque pretende fazer de todos os olhos
os teus olhos, para que todos vejam, como você.
Que coisa mais besta sô, que mundo mais chato, o
mundo seria.
Ganhei carta de alforria de Deus para não seguir
ninguém, mas tem gente abusada que quer fazer
dos outros escravos do se jeito de pensar e ser.
Das aberturas das minhas janelas, olho o mundo
com o dom de ser feliz, a coruja piou três vezes,
agora me lembro, mas faz tempo, dizem que é
desconjuro, mas no nosso mundo de vivos é fácil
morrer, mesmo sem pio, aproveite então cada
suspiro e com os olhos estenda um lençol florido,
sem fim
Eu creio e penso sempre, que quem vê o mundo
com os nossos olhos, é só quem ama, mas dizem
que o amor é cego!!

O causo da saudade

Adorminhou-se nos braços da espera, a fera que
mais come gente é a saudade,
A lâmina mais afiada ao alcance do pescoço, o
meu cachecol é grosso, já fotografei saudade nos
olhos dela, quando tudo parecia nada, ela ainda
tinha algo a acreditar
Tenho visões saudosas, vícios de guardar
lembranças onde não cabe mais.
Quanto se mede a distâncias entre os braços
separados, não há fita de medição que meça o que
dói mais fundo
Corre mundo revira cimento, mas o vento da
melancolia atravessa argamassa, paredes de
concreto e chegam aos quartos certos, apago a luz
para não a ver.
Tenho sedes estranhas, as que não são da boca,
mas mais para dentro, alocada no peito, se dizendo
dona, ave que agarra o coração do peito e leva à
tona e expõe aos quatro ventos.
Ave Maria das Esperas rogai por todos nós, o mal
vem depois que alguém se vai e leva consigo a
quietude da alma assossegada que perdeu a cabeça
ao que olhou para trás.
Valha-me santos de manto pesado, esparjam água
benta sobre as ventas dos demônios que comem
corações vivos, o diacho da saudade habita sim, o
recinto de dentro, mesmo sem autorização do
dono.
Perdi o tempo contando saudades, no vale das
almas penadas há risadas nervosas dos que

procuram seus bens, seus amores que se perderam
um dia, engolidos pela partida.

Ah! Saudade, já bebi tantos litros de água benta,
tira-me os choros, saudades, as vendas de não ver
quem eu quero, faço contigo um restrito trato, um
documento assistido em cartório, se me dê a
liberdade faço um rosário de duas mil contas e
rezo noventa novenas de redenção para nunca mais
saber de ti.

No alto do monte o vento acena como um assovio
de matar qualquer curió de saudades, de dá asas a
voos cegos, sem piloto automático, guiados pela
dor sem razão, a que ninguém explica. A que nos
leva nas suas asas noturnas nos céus de nada ter,
na escuridão que apaga dos olhos os contornos
amados, para ficarmos mais angustiados tentando
catar os pedaços de bem querer. Contei tantos, que
a Vovó Rosa, noventa e nove anos, se compadeceu
de mim. Disse-me, que se pudesse dividiria,
emprestaria o coração dela para apaziguar a minha
dor, mas ela é tão velhinha que achei que ela
houvesse apagado em si todas as saudades colhidas
ao longo dos anos, mas não, ela também chora,
saudade insidiosa não tem pena nem da velha
senhora. Ai! E quem dirá dos meus sofrimentos se
eu viver mais do que ela.

Mas aprendi que não adianta correr, a saudade é
amis ligeira, corre mais, já me chegou à frente em
uma maratona. Eu tenho um retrato da minha
amada que partiu, algo de tão precioso que pus
num altar, mas creio que já amo mais a saudade do
que a ela.

O causo dos ETs

Já me chamaram de maluco por acreditar em
alienígenas, mas são tantos causos, que a Medusa
pirou, tinha poucas cabeças para absorver as
possibilidades de vida no mundo,
Eu vi um clarão para os lados da serra, uma
explosão de nave espacial, um ET a mais não faz
mal, ninguém é mais estranho do que nós,
Dois meninos viram os homens azuis de olhos
grandes, órbitas vindas de outros orbes, dormindo
na rede da varanda.
Papei com meu compadre Raimundo, que já virou
mundo comendo chão, ele sebe tudo de abdução, já
foi sequestrado tantas vezes que nem mais precisa
de passaporte,
Já viajou Alfa Centauro num piscar de olhos, foi à
Vega Superior, mas não gostou, todos eram
reptilianos, lagartos cheirando a repolho podre,
mas ele tem uma foto autografada por uma Yahyel,
gente hibrida irradiando luz, ela fez amor com ele
e engravidou, meu compadre tem filho por todos
os lados. Danado.
Um dia sonhei acordado, vi os olhos azuis de
Madalena, história engraçada de uma requenga que
se apaixonou por Jesus, mas não era moça daqui,
era do céu, soube eu no sonho, contado por ela,
que estava de passagem para realizar projetos de

arrumar essa Terra, mas que hoje há até uma rainha de coroa e tudo, é gente hibrida.
Já dormir em tantos mundos de não desejar voltar jamais, sempre tem mais por aqui a aprender, não esgotei de tudo, quero mais saber. Eu creio em tudo, já sonhei que o amor dá em qualquer lugar no Universo nos mais inóspitos e escuros possíveis, mas pena que brota tão pouco por aqui, nem nasce e nem frutifica nos corações dos homens.
Muitos dos habitam entre nós desejam ajudar o nosso aprimoramento, me falou Padre Zezinho, desenvolver e evoluir. Disse-me que as plataformas de redes sociais foram entregues à Terra com a ajuda do seu fluxo de consciência. Sinto-os e vibro. Eles têm uma relação muito saudável com sua tecnologia, e têm contatos conosco desde tempos primitivos, que eu já fui pré-histórico os desenhei nas cavernas do tempo, hoje eu sou um vislumbre do olhar de Deus e saúdo todos os seres de outras terras que por aqui estão.

O causo da menina em fogo

O cão ladra e o bode fede, a catinga do enxofre
alastrou no átrio da igreja, pegou fogo nas cortinas
do confessionário e uma chama vermelho e
amarelo dançou feito azougue na porta da casa de
Dona Helena.
O céu adernou e o mundo soçobrou aos ventos,
coração desatento colhe o que sobra
Versei mi vezes sobre o amor e ele nem ligou,
comeu sopa de queijo coalho com couve flor e
mungunzá de milho novo, a quem tem bons dentes
qualquer carne velha serve, mas a direção da razão
pede filé mignon bem passado, se possível feito na
manteiga.
Já fiz experimento com fórmulas de arnica e
pimentas sortidas, urtigas de folha grossa e sal de
rosa, uma mandinga de chamar chuva, choveu,
choveu, mas alagou tudo. O sertão precisava de
chuvas e ficou muitos anos sobrando água.
Já achei diamante à flor da terra e esmeralda no
riacho de águas turvas, mas o amor é um tesouro
feito ouro e água benta.
Padre Zezinho fez novenas para as meninas
perdidas, as moças adotivas de Santo Antonio,
algumas apareceram paridas e deram culpas ao
santo, mas Padre Zezinho sempre desconfia do tal
demônio Aleixo, de mangueira torta, cabeça

arroxeada de sangue pisado e calças frouxas, que corre pelas ruas do povoado no dia de São Valentim. Eu fiz um riscado no fundo do quintal da Helena, a filha anda atentada, as coxas roliças assadas de se esfregar uma na outra. A binxidiba esfogueada, eletrificada de acender a casa toda sem precisar de energia elétrica. Ave Santa Madona, a energia é tanta que a moça revira os olhos, pode parecer que possessão, mas não é não, é só fogo solto, precisão.

O manacá para produzir semente precisa antes dar flor, mas a rosa inchada e de febre tomada, precisa estar sempre molhada de hora em hora, óleo de menta e quinado melhora, mas tenho receios que combustível sobre chama possa dar mais labaredas e o incêndio seja maior. A pixundeba vaza tanto que as água de alvura plena, escorrem pela cama, ganham a rua e formam riachos, logo, logo, acho que precisara de barreira de contenção, mas o diacho é que desfolhei um cesto, uma maçaroca de folha de mandioca, que dizem ser bom para a amansar excessos de escorrimentos, mas e moça prefere a mandioca com casca e tudo. Cruzes deuses dos desassossegos, não sabemos mais o que se fazer, mas por certo o melhor dos conselhos é da bisa Açucena, com seu sorriso maroto e atento que fala: porta fechada não entra vento, abram a janela de espiar dentro e deixem o sereno penetrar. Nestes tempos de lua cheia e estrelas fazendo riscadas, as metáforas de assentar rachadura em carne viva, creio que o tal do sereno era o Raimundo, menino bom e esperto, que por certo,

pôs a cabeça de olhar janela por dentro e não é que
a menina serenou.
Pau de bate em doido não escolhe lado, hoje enfim
dormirei sossegado ao lado de uma boa menina, é
por falar em amor, feche os olhos e conte até cem,
se ele não vem e você sentir algum roçado, faça
uma oração corrida, vire de lado, pode ser o tal
Aleixo se assanhando se esfregue nos seus
costados.

O causo da poetisa morta

Aos pensadores de probas línguas em um cintio
pestanejar, hão de palrear sonoros deva de formar
versos, como conversas entre pássaros e flores,
mas nas cópulas dos florejares um hibisco deu
descomedimento, nunca imaginei que desarranjo
de flores produzisse poemas, mas as cabeça
cúpidas de esmiuçar as filosofias generalistas
adoram jardins de múltiplas flores, e as suas
contendas.
Prezo muito a erudição, mas a palavra escrita é
mera tradução da magia de ver, a grande busca é
procurar ser o mais preciso possível, na
impossibilidade nascem as tentativas, as razões
das conquistas além dos pontos.
Vejo-me a pelejar na manutenção da proeza da
erudição, mas sou sovervo ser do sertão, que
assombreia calangos e planteia xique xique para
matar o apetite, antes que da barriga nos mate de
fome.
Conheci um fantasma, toda bem ajeitada na beira
do açude da Soledade, era uma alma perdida de
poetisa lá do sul. Vestia vestido de chita, que por
vezes, transparecia sua alma feita de sol. Tinha
olhos mais doces que rapadura e por vezes sumiam
das orbitas, e flores em grinaldas de jasmim. Já
buli em estrelas desenhadas nos muros como se no
escuro fossem o céu, mas os obstáculos de
descrever coisas vivas já são uma limitação,
imaginem aparição se fazendo de gente.

Deus procrastinou aquela sina, feito uma pajelança
de dar tempo ao tempo de absorver a morte depois
da hora prescrita. Conversamos em noite seguidas,
prosas, liras e conversações dando o sentido à
poesia de antropolatria. O espiritualismo explica,
mas o coração mexido não buscava explicações,
convivíamos ao que a erudição ligava tempos
inusitados, sem considerações partidárias, quando
não nos importávamos em ser, éramos dois seres
banhados pelas energias de um encontro estranho,
encantados apenas por fato de estar.
Ela me fez um poema, quatro versos pequenos,
aparentemente sem lógicas, mas cada palavra posta
na areia da margem do açude empedrou e ainda
está lá para quem quiser ver.

"O poema é a alma exposta,
Palavras que não se consegue proferir,
Deixo a você na forma de afeição,
Versos do que eu não pude lhe dizer"

Considerações vindas da flama do coração por ora
me geram ondas instáveis, mas delongadas, penso
em Hilda Hist, Florbela Espanca, Adélia, Cecília e
Ruiz, quantas passaram por nós, mas disseram que
partiram, eu sei que ficaram, os olhos apaixonados
de quem versa há uma verdade cindível ao único
fato que importa, eu a vi, para já aqui temos é uma
metafísica dos níveis de orar, cabe-nos então, não
obstante, examinar as premissas resultantes, da
verbalização retórica: passaram, mas que vivem,
vivem, bem sei...

O causo da noite acorrentada

Pustemou aquela chaga aberta uma parte exposta
da vida,
Orvalhando a lesão os dedos pungentes
acariciando a ferida
Um grito de fender o mundo ao meio
Todas as vidas são belas, mas a terra crucificada
fertilizava com seu sangue a plantação,
Se eu pudesse encontrar na voz um sentido de
amargura teria sorrido de ironia, mas não,
O homem posto a ferro e a fogo ainda trazia no
rosto traços de esperança,
Um perdão que viria depois,
A videira de cachos roxos, roxas manchas
flutuando sobre o espelho em movimento das
águas no vai e vem
Os olhos dedicados a observar o mar gelatinoso,
das lágrimas em contas a ofertar o que tinha para
dar a Iemanjá
Farejou no vento uma saudade da terra distante,
das últimas coisas vivas quando foi arrancado do
solo mãe
Todos somos as culpas das almas mortas, se
tivesse morrido a borboleta no voo, seria poético
Mas roubada ao ar fica no solo as asas agonizando,
se pudesse dizer que os meus prantos valeram de
algo, choraria a eternidade para apagar todas as
mazelas malversadas no tempo,

Cada açoitada mexeu nas estações, os sons
repercutindo como se impregnasse para sempre os
meus ouvidos,
Talvez a minha pele curtida pelo sol sinta vindo do
fundo de cada célula uma herança formigando
vespeiros
Qualquer orientação é perdição advinda dos
tempos difíceis
As minhas mãos sangram obsessões de tantos
perdidos chamamentos dos tambores batidos
Queria encontrar algum sentido para dar voz aos
sons,
Mas a minha mudez não produz eco, um ponto
parado no ar pode ser um tema, um crime, um
dedilhar nervoso entre a pele e os ossos, a voz de
um homem só a gemer por muitos
Uma vírgula a deixar propositalmente a frase
incompleta, a vergonha peregrina que silencia para
não expor as dores antigas
Mas os gritos de apelos ainda sangram os meus
ouvidos
O mesmo rumor que percorrer os recônditos do
tempo aonde quer que eu vá
Tenho uma alma peregrina vestida de negro, uma
ode às noites onde as estrelas choraram pedindo
clemência,
Onde as memórias se unem numa prece de
desculpas, que tardiamente o poema expõe o
quanto a dor repercute ainda, latente, indecente e
nua.

O causo da Moça Siriema

As pernas finas de andorinhar pardais, os gatos
pretos no cio do ócio,
Os devotos circunscritos nas falas das ladainhas,
Já fiz novenas de arrebanhas as seriemas no
banhado,
Desde muito as lascivas luas adentram os poemas
onde me escondo,
grudada nos lábios, as palavras lambem os
riscados
E os lobos passeiam nas ruas sobressaltando as
saudades,
Ela passava nos sapatos altos que não eram dela.
O que lhes alongavam as pernas e a faziam tentar
se equilibrar nas alturas
Eu a achava linda no seu desengonçado traçado
trôpego,
Faz tempo que nos perdemos de nós, mas as nossas
saudades não têm preconceitos nem raivas, e nem
nunca conheceram distâncias
O carinho de quem muito se quis não se perdeu nas
misturas traçadas pelos conflitos que a vida nos
trouxe,

O bem querer não partiu quando ela partiu e eu
lembro e guardo nos costados, aquela tarde da
morte postada na cadeira de barbeiro, pediu barba,
cabelo e bigode, mas depois levou à terra dos pés
juntos o Seu Matozinho, cabeleireiro de arrancar
os tufos com sua máquina manual, pai de Vivinha,
a loirinha mais linda de São Mateus, que chorou
todas as lágrimas em contas peroladas, mas devido
aos carinhos meus, cedeu aos prantos de quem
geme outras dores tantas que na confusão dos
sons, não sei se eram lamentos ao estimado
defunto ou se da vivenciação de se fazer mulher.
Logos as pernas finas cresceram se tornaram
roliças e a barriga também.
O amor não sangra, nem estanca o sangue que
deixa,
Na vida a poesia fica de quatro a espera de todos
os atos
Não gasta atributos a defunto de pouco breu,
entrega-se a quem a ganha, mas apanha nas mãos
de muitos fingidos poetas,
Salve-me Deus das lembranças gastas, da menina
siriema, das tranças cor de cebola e das pinturas
exageradas, do ruge das bochechas de boneca, do
batom que ultrapassava a boca, das pestanas
tingidas de preto que davam adornos aos olhos, e
das pernas finas que não saberei jamais.

O causo das águas

A cigana dança chamando a lua, o pandeiro de
fitas coloridas e o vestido azul adornado
Sou um menino abusado que admirado a olhos
escondidos no mato
O riacho ficou amarelado, foi o Saci que fez xixi
na água, Jandira não gostou, mas ponderou que é
só um menino levado, não tem parte com o diabo.
As águas são parte de mim e sempre me visitam
em sonhos, águas límpidas, cristalina de se ver o
fundo, ou revoltas como ninhos de garças azuis
preguiçosas, como sonhos decifráveis de quem
deve algo ao mar,
Vi tormentas de águas a voarem pelos céus, e
ondas a baterem nos rochedos num eterno conflito,
eu me vejo como uma pequena concha entre as
fúrias da vida e os desejos meus.
Dá-me serenidade na vida meu pai das águas,
Venha mergulhar comigo e perseguir sereia,
roubar escamas da cauda de luz cintilantes e tocar-
lhes os bicos arrepiados dos seios.
O que a ti escrevo diante do mar, são contos de
saudades azuis turquesa, é o que me resta do arco
íris que murchou, posso senti-la onde as ondas
descansam aos meus pés,
Esse caminho é mutuo, mas por que tu me chamas
sempre, se eu não sei a tradução desta canção

carregada nas marés, onde quase sempre o meu
barco se perde ou navega em vão
Vovó Georgina sentava à beira do rio e brincava
com iluminadas pedras vermelhas, dizia que eram
contas de meninas deixadas por Deus para marcar
o lugar sagrado de fazer pedidos.
Fiz um pedido para consertar um pé de ipê roxo
que estava morrendo, um braço quebrado do meu
pai. Em dez dias estava sarado, um mês depois ele
floriu de quedar os galhos, prefeito Godofredo
cortou a árvores, matou cinco filhotes de viuvinha,
uma cambaxirra e um curió, mas é, se faz, a vida
não deixa sem respostas. Ele, foi tomado de uma
coceira de deixar feridas expostas, manchas roxas
e penas a sair pelas ventas, até dar vida, de novo, a
uma centena de passarinhos.
Sentado à minha janela sobre o mar, o silêncio foi
quebrado pelos barulhos dos pentes de Iemanjá a
pentear os cabelos, para cabeleira de cachoeira de
espumas douradas, ao chegar a noite a bordar as
rendas do vestido dela, as estrelas faíscam de
trincas de contas e de vagalumes que entram
floresta adentro pela noite
Quando morre a luz, fica a réstia de claridade que
morre, mansamente.
As sombras deslizam uma a uma para longe.
O teu cabelo murcha na minha mão.
O rio lembra os teus cabelos escuros que tento
tatear nos reflexos de uma luz branca,
Sem saber que hoje tem festa da cigana da lua
cheia
Contando casos de amor

O causo da língua poética

Que língua é essa que não para, quando preciso
calar o tempo, depois ouvi os teus passos de dança
a um passo dos meus,
O amor é comparsa de algumas armadilhas, repetia
o canto desafinado no disco arranhado
Neste ensaio de vida, a dois passos de nós todos,
todo cuidado é pouco, são precisos ouvidos atentos
O poema muitas vezes come a língua dos poetas,
numa inversão de valores, o abstrato de endurecer
nos prédios espelhados, onde os andares não falam
entre si,
Não quero minha cabeça imortalizada numa praça
qualquer, o prefeito fez um busto de Shakespeare
com a orelha decepada e um tampão no olho cego.
Creio que ele quis numa homenagem embutir três
artistas
Vida de desditas, prefiro os artísticos instantes
desatinados da tua língua safada, sem nenhum
argumento,
O serpentário apareceu no lugar errado do céu
certo, mas cada ato sempre significa alguma coisa.
Do rio só me lembro de ter amado alguém, às
margens que iluminadas pelas luzes flutuantes,
pareciam serpentes de papel coloridos, vendidas
nos parques de diversões
Bons tempos sequestrados às lembranças, quando
era possível caminhar pela cidade sem ser

molestado, acompanhado dos fantasmas de alguns
escritores interessados em trocar ideias,
Hoje me fazem falta as ruas que me falavam de
suas lendas e suas calçadas gastam pelos pés que
passaram,
Não se faz mais vidas ao caminhar dos dias, tudo
se apaga dez minutos ante do depois, é essa a
indefectível maneira de sentir a vida e que vai nos
carcomendo, nos instilando uma amargura de uma
venenosa oratória.
Já não vejo os poemas nas praças namorando
abraçado, ou os estandartes nos postes do bairro,
as domingueiras de bilhetes passados nos alto
falantes do circo
As magoadas erudições são os gritos nos muros, o
gosto de dialogar reduziu-se à língua insistente da
minha namora, enchendo a minha orelha de um
acalanto,
Os poemas, dizem, são extensões do que somos.
Não sei, mas me dizem eles, que e eu estou
perdendo a ternura

O causo do Menino Aluado

Cruz credo o menino aluou, despachou para lugar
incerto o cérebro e passou a viver de ser sem
responsabilidades, a comadre arrancou os
carrapichos da bainha da calça, uma luz divina que
ensaia Ave Maria de Gouniout, traduzindo do
latim, Mãe amada cheia de graça, de asas plenas
de cobrir os filhos perdido de ti, ecoou do nada.
O padre dava conta da falta de batismo, o Onofre
do bar, que era filho de lobisomem e mãe
desconhecida.
Evocava as provocações do inferno, logo seguidas
das devoções de arrependimentos, aos frios
tomado tremia feito vara verde, e a mulherada
orava chamando a salvação.
Dai-nos a vida que há de ser, mas se eu for tomado
de insanidade que seja de me perder em você,
gritava o poeta sem orientação, abstraído do rumo
que se dava ao menino pagão.
Tomado de um amargor mais profundo, a boca
exacerbava o que vinha da dor, a dor mais doida,
processada nos recônditos da alma traz à tona um
certo furor, mas não conceda a ela mais que cinco
minutos de fama.

Tudo é rito de passagem, tudo é como aguaceiro que explode em pingos largos, mas o molhado seca rápido, depois que passa, tudo passa, eis a mim o que interessa, tudo passa.

Mas com o menino não passou, e ele deu de largar vidências e previsões de deixar Nostradamus a escrever bilhetinho sobre o futuro, eu pus as barbas de molho.

Primeiro falou de Zé José, do cometa que cairia sobre a casa dele, Zé debochou e dormiu de janelas abertas para ver o céu, aconteceu na madruga de noite límpida, quando um açoite queimou o firmamento, desceu como bala de fogo e esmigalhou todinha a casa tosca e o anexo de fazer farinha. O Zé virou papinha de macaxeira e nem a caveira de grandes órbitas sobrou para mostrar surpresa posta.

Na natureza volátil de todas as coisas, Jacobina mulher devotada e filha da Maria, lascou de soltar a sangria da coisa perseguida, não para um, nem dois, mas para os homens de toda a cidade, tudo conforme afirmado pelo menino aluado. E a fama dele ganhou sertão adentro, até que chamaram Jão de Maldonado, o ermitão que tudo sabia, e ele deu feições à história, dizendo que o menino era um esboço de profeta, coisa precária é provisória, que seria de inútil procurar a cura para coisa falseada, pois a cura só de dá em doenças de fato, não em armadas loucuras de pinga ventos. Que logo ao lhe fosse mostrado o diagnóstico da coisa forjada, que o menino daria laias a outros caminhos, fazendo de melhor proveito a juventude ainda em flor.

Mas o menino aluado cantou sete noites seguidas,
uma Ave Maria de entorpecer a alma de nostalgia
e a cidade chorou Marias até a última lágrima que
havia a ser chorada.
E o menino aluado enfrentou Maldonado e lhe
falou da menina de quinze anos por ele engravidou
e abandonada ao léu, deixou, na porta do Bordel
do Beija Flor, e a coitadinha virou moça falada.
Depois o menino disse mais, disse também de cada
mal feito que Jão fizera à sua avó Etelvina, que se
entristecia-se quando Jão lhe roubava os
caraminguados salários frutos da aposentadoria
dela na fábrica de charutos. Falou dos dozes
irmãos dele, nome a nome na ordem seguidinha de
idade e destino, contou dos 50 contos de réis que
ele roubou de Amarildo, o cego, que seguia na
estrada indo para a Feira de Caruaru. Depois disse
mais, que ele tinha uma válvula cardíaca
arruinada, que possivelmente em menos de uma
semana se daria uma derramação de sangue quando
a veia estourasse. Maldonado não esperou o
menino aluado repetir, pegou o primeiro ônibus
translado para a capital do estado e buscou o
melhor doutor, no melhor hospital da cidade.

O causo de mãezinha

Haja égua que mula manca, mas pari ao que o
corpo entorta, não endireita as ancas
Já fiz poema de uma palavra só, mas mãezinha fez
de doze estrofes que somos nós,
Não se intimidou com a lida, se a vida é feia que
dá dó, sorriso acerta qualquer galho que dá nó,
Ah! Mainha de dá vida, vida a nós, foi capricho
caprichado, o amor deitado ao lado do bem querer,
Meu pai partiu cedo, não foi abandono dos
desalmados, mas por Deus levado, para fazer algo
de melhor,
Ela não deixava a vida fazer mazelas, cuidava ela,
de dar tratos de bom grado, à vida, e vida era dela
e da vida dela cuidava ela, e assim o fez
Nunca fez choro à toa, alma boa de prendas
rendadas pelas mãos de Deus, achei que recebi
demais por ser filho dela, mas ainda choro as
lágrimas que ela guardava para não assustar a nós,
Penso versos a vento que há de levá-los onde quer
que ela esteja, a brancura das roupas penduradas
no varal de algum lugar no céu,
Quem sabe Dona Bernadete esteja alvejando como
o sorriso dela as vestes de Deus

Penso, mas não digo, ainda sofro homem que sou,
as aflições de estar perdido dela, no que digo não
penso, a alma gosta de entregas silenciosas,
Homenagens que dou a ela todos os dias, assim
que posto os olhos na catingueira ao pôr do sol, do
avarandar que era dela, na cadeira de balanço de
acalantar o dia que dormia,
Era um ciúme danado, de tudo que espalhado, fala
dela, há vestígios ela por todos os lados, cabeça de
cabelos de nuvens brancas sem tempo de chuvas,
Mãos danadas de boas de tirar qualquer dor, de
canela esfolada, de erisipela, de barriga inchada,
dor de amor.
Mainha, a saudade apela os olhos que vivem
procuras, então cuida de nós ainda, somos
fiotinhos sem asa. A única coisa que você não nos
ensinou a fazer, foi voar, e segui-la, quando
voavas para longe de nós

O causo de João Sô, Suzana Sofia e Maria Iracema

Einstein olhou o céu e falou: O tempo passa mais
devagar num objeto que se desloca em grande
velocidade.
Quando João Sô, nasceu, o avô vaticinou, parece
ovo gorado, a sorte não andará ao seu lado, será
menino parado enquanto o tempo caminha.
E o menino nasceu raquítico, cresceu homem
fraco, de corpo e vontades
Se caísse, Deus que se danou, ficava chorando
feito bezerro desmamado, quebraria feito ovo,
alguma parte do corpo, e esparramado, gema para
um lado, clara para o outro, tudo junto e
misturado, mas o amor não faz concessões, se é
para amar que ame o todo, ou tudo, nada de
pedaços, de espiar por cima do muro,
Se estiver mal sentado leva um toco no meio das
pernas ou é do muro empurrado,
O amor só quer felicidade inteira, nada de meia
bandeira a meio mastro.
-"Eu soube que você andou se dando por aí"
Disse João Sô a Suzana Sofia, a morena de sete
costados, elevados a sétima potência, dois mil
quatrocentos e um véus de pecado, para um pobre
coitado de não dava nem conta de um,
-Eu mato vosmicê - Repetia ele.
Miolo mole escorre pelo nariz,

Boca que engole tudo pega entrudo ou gonorreia,
doença de cair o pau ou encher de mazelas a
birungunja.
Já me fiz amigo, amante e marido, mas a vergonha
me dá coice a cada esquina, por dias e noites anda
ancorada às minhas costas,
Suzana Sofia tinha olhos cor de amêndoas e João
adorava o caroço,
A fruta comia os outros, mas algo era dele.
Mas o muito parece pouco quando desejamos
tanto, e João Sô sofria a sina de não saber deter as
ancas que até os anjos desejavam, quantas aves
Maria corriam a quinta, em coros de olhos
ocultados quando a moça tomava banho de chuva,
nua, até os pingos d'águas ficavam encantados
com tamanha formosura, mas o andor não
suportava a santa, nem o leito dava conta do rio
que corria, era água demais para um caminhão
pipa de brinquedo.
Um dia a Preta Simara falou a Suzana Sofia, uma
tal de Maria Iracema está a caminho. Prepare-se,
vá preparado o lombo para pagar os seus pecados,
os pecados de fazer sofrer o pobre marido, mas
Suzana Sofia se riu, deu a bunda de lado e falou:
"Dessa aqui ele não abre mão, tem os olhos
grudados, e seguirá pisado a sete palmos do chão,
sob os meus pés".
Mas Deus não escreve nada errado, se anda
desassuntado é por tanto a fazer, por que Deus
daria trelas a um casal mal ajustado, mas deu.
Deus trouxe lá dos cantos dos serrado, Maria
Iracema, moça de prendas maiores e sorriso

menina, que assim que bateu os olhos em João Sô se encantou de primeira, e ele assuntou uma conversa sem eira nem beira, pois não era bom papeador, mas a moça nem ligou para às coisas ditas, só tinha para João, e eram olhos de amor. Assim Suzana Sofia que quis fazer consertado o casamento acabado, ciumou, tudo o que era nomes de ciúmes contados, invejas, dor de cotovelos, egoísmos, rivalidades, despeitos, controles, emulações, disputas, ressentimentos, paranoias, pesares, angústias, sofrimentos, agonias, loucuras, aflições, ansiedades, mas não teve jeito, João estava amarrado por sete nos da Santa dos Agarradinhos, gamou-se.

Ninguém explica coisas de amor, quem se habilita cai do cavalo, se tudo parece simples é teorema da relatividade, dos tempos que engole o tempo, mas se é complicado fica simples ao que se basta dar um olhar, um sorrido e os dois corações juntadinhos no que era somente amor e suspiração. A vida juntou direitinho, João Sô e Maria Iracema por laços de amor, um teorema que nem Einstein, jamais explicou.

O causo do amor enrolado

Não pedi a tua opinião, mas te dei um desconto, a
gentileza tem dias de boca amarga e medidas
curtas
O fígado absorve coisas ruins, mas a mente
assumida já aprendeu caminhos diversos,
No sitio de Josué Santino tem um pé de pente de
pentear bacorinha, mas quase todas andam tosadas
devido ao calor excessivo que faz
Corri sete léguas de pés descalços a apostar
corrida com calango, coisas de meninos sem
afazeres específicos, sem nada para ler ou estudar
Dei nó em pingo d'água para não morre de fome,
mas morro de querência de te ver.
Vê se assume também que me ama, a vida é
coberta curta, o orgulho veste de um lado, mas a
bunda desnuda aparece do outro.
Faz tempos que não nos falamos, mas poucas
coisas acontecem por aqui, mas flor de defunto
não enfeita altar de casamento, nem jumento tem
dentes escovados, disse o Padre Sabino.
O delegado Silvino falou para o Arquibaldo:
Sorria de novo, tens dentes bonitos, ajeitados nos

dentistas da capital, mas não prega uma palavra sã,
a boca de catinga é pior que esgoto.
Os malefícios da alma escoam pelo corpo, não sou
preposto de gente ruim, o que vem depois, dizia
minha avó: "Se não tem aqui, entra na lista de
débitos de Deus"
Não prego maldades, mas a minha bondade tem
gestos de impaciências, não mexa com quem está
quieto, fio de navalha só corta quem o cutuca,
Genésio saiu de fininho do Bar das Vedetes,
depois do aviso de Bernadete que o pau ia comer
solto.
Vejo que estás com um brilho novo nos olhos,
coisas de alegria ou felicidades se sente no vento,
senta ao meu lado e ouve o as histórias bonitas que
ele nos conta.
Estou preparando uma casinha nos costados da
serra, uma cama de algodão doce que formiga não
come para adoçar o amor que tenho, coisa de
primeira, amor que dá gosto, amor que nasceu
antes de nós mesmos.
Só falta o sim, dela
Diz Mestre Gregório que o amor é simplório, se
encanta com coisas bobas, que pode vir num
suspiro de menina mais nova, ou num gemido de
uma mulher mais madura, que alimento à fome, ele
não nega, mas depois que pega não tem cura.

O causo da Virgem Santa

Virgem Santa Santíssima, a bosta fede, mas a mais
fedida é o de excomungados e não fede mais
porque é uma só, mas o pobre desavisado pisa, eis
e desdita pronta, fede feito carniça, feito boca de
rapariga depois pinto mal lavado.
O céu apronta um bocado, filho desnaturado não
nasce encomendado, mas o ventre sagrado pare um
bocado desses desregrados.
Borboleta tem asa fina que é para se aprumar no
vento, eu já aprontei muitas, mas só com a mãe
dos outros, mãe minha tem altar no canto do
quarto.
Vade retro Satanás, esse não teve mãe não, nasceu
de quatro com o rabo para o chão, língua ferina e
chifre enfiados na testa, o que não presta deixa-se
de lado, mas os condenados aprontam com gente
boa até.
Eu fiz um ponto riscado no chão, pemba e giz, um
de cada cor, escrevi um nome amado, bem
desenhado para não faltar força, onde mula manca
não se faz cama no chão.
Zé do Bredo fez um trato com um desses chifrudos
desatinados, antes do momento acabado o diacho
já estava sentado no batente da casa do Bredo, nem
tinha o tempo dado, mas o cobrador queria levá-lo
porque sabia que ele não tinha defesas, mas Dona
Mocinha, senhora pequenininha, baixinha e
fininha, mais fina que fio delicado de renda,

nascido no Crato, chegou fazendo novena, oração de prende pelo rabo chifrudo desbocado que nem teve tempo de saber o acontecido. O Descabido até hoje está amarrado no quintal de Dona Mocinha, chove, faz frio e o atrevido não dá um pio, tem medo que se dana da senhora magrinha.

O causo filosófico

Passo os olhos pelo mar, a minha chance boa,
momento especifico de divagar
O barco parte na linha do sol, marcando o espelho
do das águas,
O que o mundo fia é mais do que se pode ver,
Sem a filosofia dos olhos, feijão com arroz seria
apenas um prato ordinário,
Mas o tempero que dá o sabor à vida é a palavra
trocada com poesia, quando dois se falam não há
ilha deserta,
Muitos poucos seres humanos são capazes de
aceitar o juízo de que o mundo não é obra do
acaso, mas uma ideia de caso pensado, pois num
bom pensamento cabem várias ideias
O pensamento chegou antes de Deus, se não ele
não seria criado
Tomando o meu chope penso que odiaria ter eu
vindo de um acaso, de um encontro amoroso
fortuito da natureza duvidosa, de um orgasmo
escapado sem amor
Mas a filosofia foi assassinada na saideira, no gole
final,
O malandro otário passou a navalha na poesia,
matou que lhe provia, para negar sem argumentos
a ideia
Não há mais canalhas com caráter, alguém que
sem ética definida, que leve a vida na valsa, com

um ponto de vista que considere viver uma crença,
contraditória sim, cínica provavelmente, sarcástica
se possível,
Sem o toque de perfume barato, com o sabor de
bebida não paga, é o que cabe
Ainda aprecio a morte lenta embalada a conversa
fiada
Pois sempre descobrimos muito de nós nas
conversas sem horas
Um bom papo que nunca termina, pois, a filosofia
não é coisa para as almas apressadas

O Causo dos Cabelos Esparramados

Vêm pela beirinha do caminho como quem não
está perdido
Professe, que segue certo, mas apague os passos
para que ninguém te siga
Depois vire a esquina, onde há em um mar logo ao
longo da curva, descendo o altiplano verás
Como olhos de cacheira a derramar nossos prantos
A moça morena de cabelos derramados de uma
ponta a outra da praia
Que alguns dizem, prostituta, mas é uma mágica
sereia perdida no desejo dos homens
O primeiro que tocar a verdade há de morrer pelas
mãos dos outros
Rime o primeiro com o segundo e diga que há só
um mundo, para viver,
Mas os olhos de jabuticabas apodrecerão sem
serem colhidos,
A parte roxa da íris gerou um filho pálido de
miolo mole
A sabiá comeu primeiro, em segundo plano o bem
ti vi bicou, e a mentira que se espalhou pelo
mundo
Um sapo de ouro come as palavras soletradas, uma
a uma,

O ventre cheio de vocábulos misturados arrotou
poemas,
A santidade que deveria se prospera no sagrado, se
curvou à escuridão,
Ao nascerem depois as estrelas, os sapos as
comeram todas

O Causo do soldado fuzileiro chamado Reginaldo

Friorela roeu as unhas como quem roí os nervos,
tornou-se navegante pelo ato de amar o mar,
Pelo desejo de beber o sal dos ventos
Rurrumou velas adentro no veio salgado de morder
a lua,
Sangrou leite condensado, maria mole e roubou um
olho da sogra para fazer feitiço de amor,
Tenho dois dentes de tigre de sabre, um escorpião
açodado na nascente da virgem maior, beijo
melado com gosto de bala vendida no trem, coco e
açúcar queimado, leite derramado e o marimbondo
deitado no caixão reciclável de um indigente
defunto que imigrou para do Japão.
Cantei o fado de torrentes de chover os cântaros de
Isis, todos os pecados só são condenados porque
foram pecados cantados, os pecados calados vivem
de deleites silenciados nas tocas das flores.
Margarida penou um bocado, tinha a vulva
pequena, quase uma novena de uma ave maria, mas
depois dois dedos delicados tocaram o seu ponto
sagrado, ficou consagrada ao Santo Antônio.
Não tenho mais espantos com missas e romarias já
catei coquinhos de São Luiz a Salvador, e só me
sobraram os dedos sangrados, uma coluna curvada
e milagre solicitado que nunca me foi pago.

Esconjuro santo mal pagador, já pus flor na boca
de nego safado beberão, e o sujeito virou um
deleite de cidadão, bom esposo, bom pai, ético e
honrado, mas de beber não parou,
Mas se bem me lembro lá para as bandas do Capão
Redondo aparecia uma lenda nua, uma monja que
morreu virgem e que não queria ser pura,
assombrando na estrada de noite sexta, passava
feito um acoite e o rouba os pintos desprevenidos,
e nunca mais se tinham notícias dos instrumentos
capados.
Mas um soldado fuzileiro, chamado Reginaldo,
enfrentou a desdita, diziam que ele era pai de
quatorze, antes dos doze, mas agora já tinha trinta
e eram tantos filhos que nem se dizia prole, se
dizia criação. O cabra engravidou a aparição,
deixou de corpo mole a assombração de tanta
meteção, mas em vez, dela sumir, piorou a
situação, a alma ficou penada em dose dupla,
agora não rouba mais capilé, mas geme de
saudades do sujeito soldado, de fuzil armado
dando tiro em qualquer direção.
Fiz umas orações de fazer sumir agonias de mulher
na perdição, mas não teve jeito não, hoje mesmo
escutei na noite estrelada, um gemido esticado,
alongado feito cipó de churumela, coisa sentida,
de partir o coração.
Mas desses causos a vida se espalha em mil, talo
de buchinha corta efeito de saliências, cura
demência e esfola calo de estimação, mas perdi a
razão, ao dizer o que eu não sei, perco o fio sem
meada, mas se bem me lembro a pedra preta amola

fio de faca cega, e alivia dor atravessada de filha
engravidada, e se pedir na noite certa, até acerta
um bom casamento.
Esqueci o jumento Mastruz no final da rua
Sacramento, faz dois anos, só lembrei agora.
Tenho medo de morcego cego, de mulher que anda
na ponta dos pés, de estrada com curva descida, já
zanzei feito esquartejado, a cabeça ia antes, o
corpo retardado, os braços doíam e as pernas não
obedeciam, os pés, era um virado, um para cada
lado.
Já contei esse dobrado de esfolar língua toda,
agora só vivo de sossego, um lote na caatinga, uma
moringa de água fresca, um terno branco bem
passado, uma cruz no monte santo, coisa de
espantar mandingas, olho gordo e mulher matreira
com olhar de rapariga.
Tenho um binóculo de olhar o céu, tem uma estrela
que me pisca sempre, eu tenho um olho dormente
que não enxerga bem, mas como o olho que eu
enxergo melhor, me despeço. Mariinha logo vem,
sempre traz buchada de bode, cuscuz de mandioca
e um carinho especial. Hoje vamos ter amor
rasgado, sinos tocados sem estrelas e a monja
gemendo triplicado, cheia de desejados lascados,
com saudades do soldado chamado Reginaldo.

O último causo, o das lágrimas vertidas

E ela chorou lágrimas que os delas desconheciam,
como se alma desmanchada buscasse um caminho
de fuga,
Como nas gotas se contam tantas histórias? A tua a
minha, a nossa,
O que escapa quando não pode mais ser contido
Não tenho respostas guardadas, cada pranto é
janela exposta de alguma ferida aberta, ou de
alguma alegria sentida, colhida em alguma fonte
de prazer,
Há tantas redundâncias em querer traduzi-las como
poemas, nem sei se vale apena redimi-las
É como a tarde sendo parte da noite, ou alguma
palavra fugida de uma frase cortando-lhe o
sentido,
Não farei isso, temos destinos diversos, elas não
querem os meus muros para lamentos,
Talvez seja flores ofertadas a algum amor
sepultado, a lembrança de algum beijo guardado
no desenho dos lábios,
Que importância isso resulta, se a cada palavra que
me escapa da boca mais me afasta das razões,
As minhas desistências, a minha eloquência, tantas
verdades partidas ao meio
Os floreios dos caminhos que tomam, aliviam, os
suspiros veem depois,

Já chorei tantos choros sem causas, tantas lágrimas
doces e outras tantas amargas das persistentes
febres que eu tenho,
Já moldei papeis em silêncios de escorrer dos
olhos dos lobos, de estrelas vertidas, de chegadas
e partidas tão distantes de mim,
Nem saber se era eu, eu sabia,
Um amado, um sentimento na forma oculta de
amizade, estertores tremidos na intenção de chegar
ao peito do outro, ao coração com um toque
A linha horizontal achando-se um caminho mais
curto e eu amanhecido pensando que estive do lado
errado,
Depois das águas vem a poeira, um sopro de
emboscada às almas mais expostas, um vulto
caminhando na penumbra, ou a identidade de
alguma coisa morta
A barreira contendo uma espera, o papel do poema
mastigado,
A pele, os rasgos nos rostos, as janelas de escapes
das águas, as faces molhadas
Já fui tuas lágrimas e já fostes lágrimas minhas,
Deflagração dos movimentos transcendentes da
alma, luzes arrancadas à força dos céus de dentro,
Algum elemento a mostrar-nos o quanto sagrado
somos,
Vejo assim pedaços da alma escorrida, não posso
tudo saber, o entendimento é vento que seca o que
queríamos poder compreender,
Assim dou-te um lenço, quem sabe na composição
venha um poema que foi vertido

Depois a verdade, o tempo, as estações, os ciclos
onde floresçam lágrimas macias, a soma do que
somos em flores de cerejeiras,
As imagens, os sonhos, uma velha canção, algum
furtivo lamento
Um filme numa sala vazia, um piano sobre os
escombros, qualquer coisa que a faça dizer:
"Foi um cisco nos olhos"

www.ingramcontent.com/pod-product-compliance
Lightning Source LLC
LaVergne TN
LVHW041233200726
843507LV00013B/2672